Michael 雅正：

刘三變 贈

2012.10.1

U0141566

誘拐妳成一首詩

——劉三變詩集

劉三變

本名劉清輝〈1964—〉。詩人、詞曲作家〈代表作—腳踏車〉。東吳大學中文系畢業。曾為《曼陀羅》詩刊同仁。曾獲東吳大學雙溪文學獎現代詩首獎；並有組詩〈水的心事〉入選《中國當代大學生抒情詩》選集。作品散見《創世紀》、《藍星》、《笠》、《台灣詩學季刊》、《曼陀羅》……等詩刊。著有詩集《情屍與情詩》、《誘拐妳成一首詩》。

目次

輯一：誘拐2000

誘拐妳成一首詩　12
荒涼　14
醫療工廠的醫生　15
憂鬱奏鳴曲　16
秋雨　18
愁　20

輯二：勾引2001

幻化　22
純眞的勾引　24
共撐一把傘　26

田　28
夢的葡萄　29
雨後素描　30
歸鄉即景　32

輯三：發胖2002

喪事　36
在黑夜寂靜的呼吸裏　40
回憶是一條感傷的路　42
新裝　44
發胖的空虛　46
塊狀的日子　47
不安的島嶼　48

輯四：發炎2003

次等的 52
告別 54
寂靜 56
白鷺鷥 58
原舞曲 60
發炎 62
迷途 64
吵雜如繁花盛開 66
炭熄 68

輯五：盲忙2004

羅東林場 70
忙 72

輯六：蛇行2005

流沙瀑布 76
張家界 78
相遇 80
資本主義病毒 82
蛇行的歲月 84
隱藏 86
風災 87
黑暗之光 88
皺褶 90

孤獨的老人 92
那人 94

輯七：跛腳2006

被文明撞到而跛腳的筆 98
水蜜桃 100
逝 101
被打碎臉的天空 102
五官即興 103
鏡湖 104
讓我的愛棲息在妳的懷裡入睡 106
詩歌節酒會 108
文字田 110

輯八：遺忘2007

遺忘 114
時間傷 116
老照片 118
夏日感傷 120
定居 121
妳的不安是麻雀的跳躍 122
酒館 124
雙胞胎 126
在人群中晃動孤獨 128
挺直的今天 130
滅頂 132

藝術家 134
幽蘭 136
假象 138
一隻獸 140

輯九：偷閒2008

獵物 144
靠近 146
偷閒 148
戀歌 150
女人是雨水 152

附：文學筆記

輯一：誘拐 2000

誘拐妳成一首詩

相遇的季節
妳臉上盛開著一朵羞赧的笑容
偷偷地用雙眼我輕輕採摘
採摘妳的純真
採摘妳的無邪

唉！採摘來的美
可以置於歲月的竹籃裡嗎？

讓三月的風
撩起妳情感的裙襬
或用春天的手
輕撫妳柔嫩的心靈

再緩緩地誘拐妳
誘拐妳成一首詩

2000.3月

荒涼

思念的古堡長滿青苔
詞語的利劍早已荒銹
滿溢的情感陳屍在發黃的文字裡
記憶甬道
佈滿著陳舊的哀傷

2000.3月

醫療工廠的醫生

看完病人是我們的工作
看好病人就聽天由命
為了有生產線的效率
品管，只留給病情自己去品管
醫療工廠裏
我們只是按件計酬的
高級作業員

2000.3月

憂鬱奏鳴曲

Ⅰ 黑夜帶走了光
整個天空
都頹喪了起來

Ⅱ 夜裏，一個人
躺在自己的憂鬱裏
沒有熱情、沒有活力
屍體一般的活著

Ⅲ 絕望一直想抓我
悲傷
常常獨立作業

Ⅳ 抽屜裏
橫躺著一堆
陰暗、潮濕發霉的詞句

V

早晨醒來
憂鬱在左、焦慮在右
狀況糟時，還必須
與死亡練習拔河

VI

病中潛居
肉體的疼痛
是死亡的甜點

VII

帶病的軀体
空空洞洞
豐腴的靈魂
逐漸的乾癟、
消瘦

2000.4月

秋雨

雨絲踩著一千隻腳
稀稀疏疏地走過來
踩在我的臉
踩在我的心

來不及擰乾
帶水色的憂傷
便掉入潮濕的回憶裡

往事　點點滴滴
於心頭落了下來…

沒有妳的雨天

只感覺冷冷的空氣裡
流動著涼涼的哀淒

2000.10.25

愁

厭倦與痛苦在心的大門輪流站崗
落寞在守夜
是誰惹亂心緒
襲來的秋風
請不要翻動我的憂傷

2000.11.21

輯二：勾引 2001

幻化

時間將帶走一切
連同多年來我囤積的憂傷
愛情在淚水中稀釋、淡化
殘缺卻撫養著甜美的傷口
堅定的諾言被時間的巨石粉碎
潔淨的心靈沾滿塵埃
幻化是唯一的恆久⋯
握住虛空
沮喪跌入深深谷底

絕望到了極致
我的憂鬱
已不再精進
2001.3月

純真的勾引

蟄居的靈魂
在暗夜裡蠢蠢欲動
冬眠的感情
於心灰的角落緩緩甦醒

一種甜蜜的不安雀躍著喜悅⋯

妳清澈的眼神伸著愛慕的手
輕撫著我古老臉上留存的斑剝智慧

泛紅的羞赧是妳情意的烽火
投向我毫無抵禦能力的心靈孤城

甜甜的攻勢總讓我樂於逃離
逃離自己並且迷醉
迷醉於——
妳純真的勾引

2001.3月

共撐一把傘

共撐一把傘
遮擋內心妳看不到的雨
出門的喜悅
才不會淋濕

共撐一把傘
甜蜜與感傷搭肩地走在一起
疏離的心情
終於可以跟妳靠得好近好近

2001.3.23

田

感傷
是心中一畝耕作不完的田

因為
這裡有陰鬱的氣候
情感的土壤肥沃
淚水也豐沛

並且適合栽植
多汁的憂愁

2001.6月

夢的葡萄

夜裡，枕著喜悅
在美所鋪陳的床單下入眠
夢裏的詩句一串串
懸掛在感情與思維的棚架下
任你採摘⋯⋯

2001.6月

雨後素描

雲在天空彩繪流浪的身姿
小鳥展翅放牧著自己的歌聲

行駛於大自然途中
生命的毛細孔頓時張開
遙遠望去
山嵐是青山流動的衣裳
一回首
相遇的小溪已繞去隔壁村莊

一場雨後，只見陽光
四處輕撫著大地的肌膚

2001.7月

歸鄉即景

歸鄉途中
車窗是一幅流動的畫框　你看
群樹張開著手臂迎接風的來臨
葉子與葉子歡樂地互相寒暄
溪流彎彎曲曲的在歌唱
野薑花散發著純白芳香

白鷺鷥在田裏忙著悠閒
山巒常有雲霧來訪做伴
海濤洶湧親吻著岸邊岩石
打撈的漁船
彷彿是海上一座又一座漂浮的島嶼

入暮　炊煙裊裊描繪著淳樸農家
戴笠的老翁　甩竿垂釣著河裏的夕陽
剎那　一隻鳥振翅啣走了天空

2001.7月

輯三：發胖 2002

喪事

難過無言，話語吞落
你最愛的人刺傷你的情感
是否可以愉悅的憂傷
或者高興的絕望

失神的雙眼中
我看見你遊走的靈魂
終日佩戴著死亡
巡視；並尋找一個
適合下葬情感屍體的墓地
你走著走著
踩著失落不停的走著⋯
沿著沮喪路線凝望過去

心已是一片荒原
憂鬱仍四處叢生

生命的天空烏雲籠罩
滂沱的哀愁是淚的祭典
戀的屍骨
躺在棺槨已有時日
僅見悲哀
在歲月的背脊上蠕蠕爬行

思緒在記憶的窗口盪來盪去
往事一幕幕的換景演出
舊的傷口溢出新鮮的哀愁
感傷總是如此多汁

是誰？是誰又煮沸你眼裏的淚水？

愛慾情愁至今仍未安葬
絕望的髑骨
何時才能入土為安？

2002年

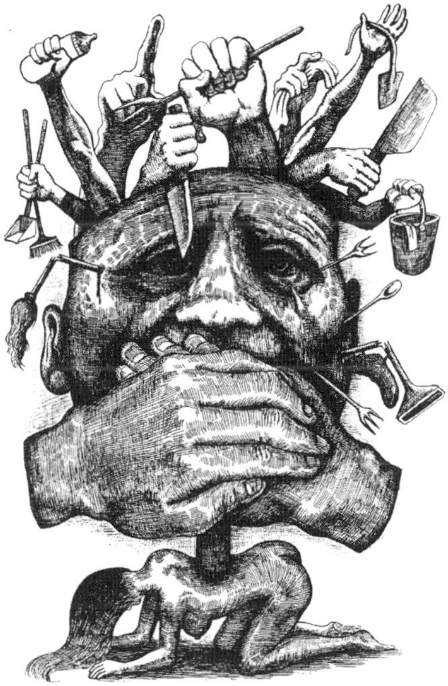

在黑夜寂靜的呼吸裏

在寂靜中，我想起妳的寂靜
想起焦慮不安的日子
喧鬧的心靈
枕著妳的寂靜入睡

時間在我們臉上駛過
空間拉遠了感情距離
煩擾的心靈
再也聽不見妳寂靜的聲音

悲傷默默地煮沸悲傷
放棄妳彷彿將自己遺棄
失去妳　便失去了寂靜

孤單一路揹著憂傷流浪
遺憾卻常來心頭縈營
在黑夜寂靜的呼吸裏
我總是想起妳⋯

2002年

回憶是一條感傷的路

渴念妳
猶如荒漠渴念雨水……

對妳的那份古老情愫
在歲月的土裡生根、發芽
歷經多年，感情的枝葉如此茂密
心中結滿的卻是我纍纍的思念

回憶是一條感傷的路
我常常獨自前往
撿拾被我們遺忘多年的情感枯枝、落葉
並且哀悼一段夭折的愛戀

如今相聚　妳已近得如此遠
每一次離去　妳又遠得如此近
道別聲滋生著無名愁緒
妳醉人的眼神卻早已預言我
一場感情的災難

2002年

新裝

歷經一次又一次的分離
你的眼眸
擁有各種款式的憂傷

但你總是嫌不夠
在感情入不敷出的日子
仍一再的
添　購　憂　傷

2002年

發胖的空虛

激情總是拖著空虛的尾巴
在人們的心靈角落
搖來盪去

你想用空虛填滿空虛嗎？

短暫的瘋狂、享樂
只能讓我們的空虛發胖

2002.10月

塊狀的日子

繁忙的生活
時間不斷的被切割

塊狀的日子
心情如此易碎
碎裂的拾不起碎裂的自己

2002.12月

不安的島嶼

星星於夜裡失眠
而你總是抱著心事輾轉反側
一個人就這樣不知覺的
掉入思緒的漩渦⋯

愛已死去多年
情感的波浪仍拍打著夢魘
除了驚慌
每夜你只能枕著憂鬱入睡

醫院裡的藥
鎮定不了你龐大的焦慮
前來的短暫涅槃

亦受到驚嚇，然後逃逸⋯

夢是你心靈海洋中一座不安的島嶼
在夜的邊緣
長期駐居著死亡與恐懼

2002年

輯四：發炎2003

次等的

次等的文章四處橫行
好的作品被壓在倉庫角落無法呼吸
出版商與取巧的作者不斷孵育有利的文章
用以供應自己數錢與發胖的心情

經典的書籍被二流的書籍驅趕
優秀的文章被次等的文章淹沒
通俗、流行頂著文學的帽子現姿
名氣往往成了作品錯誤的最佳指標

錯誤的名氣、錯誤的優秀作品
錯誤的閱讀再閱讀⋯

心靈荒漠的年代
人們不斷的進食下等的文學飼料
作家被餵養成次等的作家
讀者也不自知的變成了
次等的讀者

2003.1月

告別

收拾心中殘存的愛戀
將曾有的甜蜜與感傷打包、裝箱

愁緒即將進站
我必須趕赴在流淚之前與妳完成別離

風殷勤的哀嘆
烏雲也四處傳遞著憂鬱

也許走了就不再回頭
也許我們還會相遇，而那時
或許髮已沾滿雪色　皺紋已在臉上攀爬
面對的只是——

彼此鬆弛的晚年

淒傷靜靜載著我離去
淚水終於告別了雙眼
我　無語凝咽告別了妳

2003.3月

寂靜

寂靜圍守著大地
風收起翅膀躲起來了⋯

庭院裡的枝葉不敢吭聲
深怕將熟睡的夜吵醒
只賸微弱的月光
在天空替遲歸的雲辛勤探路

唉！
有什麼比寂靜更適合鍛鍊孤獨練就感傷呢？

空氣凝聚著淒清
微微的悲涼從窗外溜了進來

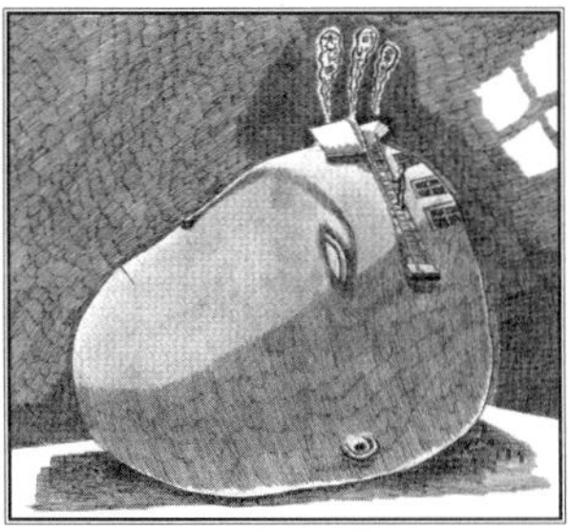

心情在白天動亂過後
有人在夜裡孵育寂靜的憂傷
2003年

白鷺鷥

站著一隻腳
獨立
深思

思考不思考
不思考思考
靜靜地
禪定

我是降落於田間的一隻　禪定

2003年

原舞曲

——原住民之舞

隨著鼓聲我踩踏雙腳
向前奔舞我是豹
張開雙手我是鷹
衣袖如羽翼逆風飛行
無憂地擺動季節的翅膀飛翔

棲息僅要小小的窩
獵食只求能夠飽腹
任自然的和聲替生命旋律伴奏
隨原始的鼓聲扭動真摯熱情

沒有虛偽與自然共舞
守護祖先遺留下來的守護以及

生態平衡

若文明想要前來聆聽、貼近
請你不要踩著貪婪的舞步……

2003.8月

發炎

無人的角落
自戀靜靜地演化成自私…

熱情地冷落後
妳曇花式的溫柔
彷彿是為了完成
減少妳內心歉意的一種道德儀式

深怕破壞妳心安的慶典
默默地我嚥下任何會傷害妳的詞句
就這樣一次又一次
任妳冷落的刀鋒將自己割傷

心已割裂
作痛的傷口不想包紮
對妳的感情
便日漸地發炎

2003.9月

迷途

——弔一位信奉愛情的殉情者

人們若只信奉愛情
神是否都將失業

善變的年代人們已不再信奉愛情
而你仍堅持讓愛綻放在最美的姿態下墜落
因為你知道，美麗的諾言
在時間的鍋槽裏會發酸、變臭

我為你殞落自己的事實感到悲傷
也為自己的愛情境遇心生哀愁
也許離開人世，有一種愉悅的悲傷沒有人知道
也許離開人世；也離開了絕望

愛慾是遮掩我們智慧無形的灰塵
感情是佇立思維面前一座無形的牆

若你在天堂已有些許的後悔
當遇到為愛迷路的天使時
請別忘了告訴她回家的方向

2003年

吵雜如繁花盛開

人多　心思擁擠
觀念互相碰撞、推擠
擠出許多——
繽紛的歪理

進入利益花園
虛偽五顏六色
慾望　搔曳生姿

顫慄的春天
有人辛勤播種謊言的種子
選舉的季節

吵雜如繁花盛開

2003.12月

炭熄

炭熄
雨腳踩過來的時候⋯

當你離去
淚框的雨總是下不停
縱然我有燃燒的熱情
也只能
炭熄

2003.12月

輯五：盲忙 2004

羅東林場

拋出回憶的長線
垂釣遺失的童年

回到羅東林場
荒廢的鐵道平躺著
只賸片段的記憶在行駛⋯

太平山的檜木砍完後
卡車從山上載來人們長年的愚蠢
木材沒有了
林場的蓄木池終日閑置著荒涼
年少的嘻笑聲早已沉入池底

那孩堤的夢無人打撈
只見池邊各式的枝葉
以各種姿勢辛勤地飄落、哀嘆

時間不停流逝
人們的慾望逐漸地被現實養胖
人胖了　日子瘦了
林場旁邊的檢尺寮也被時間搬走了

2004年

忙

你有肥胖的慾望
你有臃腫的煩惱
腦袋裝著過重的貪念
本末倒置消瘦了靈魂

你的思維在繁忙中打瞌睡
你的情感在繁忙裡發呆
來不及翻閱美麗的生命風景
時間已在繁忙的隧道駛過

你的頭髮忙著發白
你的臉忙著長皺紋
你的肉體忙著老化

你的心靈忙著麻木不仁
你不停的忙碌
忙著將自己的生命損耗
忙著追求一生
——徒勞無功的成功

2004.10月

輯六：蛇行2005

流沙瀑布

我是一張流動的薄紗
絕壁是無須關門的衣櫥
懸掛在山腰的衣架上
任風吹襲搖曳如羅裙

我是一張流動的薄紗
落下的是山裏喜悅的淚水
深潭日夜容納我的心情
碧綠是它善意的表情

我是一張流動的薄紗
清澈的心靈令人歡欣
小樹每天陪我站在山頂

石板在旁一階一階爬成了小徑

我是一張流動的薄紗
喜歡搖曳　喜歡淚流
是山裏的水所織就的一件
——飄落的舞衣

附記：2005年1月16日遊德夯流沙瀑布有感

張家界

——給R

冬天降臨，帶來滿坑滿谷的悲涼
下雪後，一些凍結的心情尚未融解
希冀妳如柔和的陽光前來
攜著溫暖為我冷顫的感情解凍

頹坐山谷我終日等待
仍聽不見妳任何踩踏聲响
只見小雨稀疏地走過來
踩著傷心，踩著⋯

縱然有人慕戀前來探訪
也只是匆匆過客，一下山

只賸幾聲林鳥幽鳴
——徒留一身愁緒

該離去就讓它離去吧！
擅長別離已是長年所練就

當雲霧寂靜環繞
就讓我孤獨的孤守孤獨…

2005.1月

相遇

相遇時，妳臉上浮寫的羞澀
激醒我嗜睡的靈魂
當視線橫越妳雙眼，感情與思維
卻雙雙跌進妳溫柔的山谷裏

雖然我們未曾相識
初見妳，內心已激起澎湃的歡愉
多麼想將生命擁有的事物與妳分享
在相遇的季節

藝術家攫取大自然的美於畫作裏
離開漢口，我將妳的純真置放心靈
一路上　思念一路跟隨⋯⋯

期待是一條長長的路
盼妳等我，我會回來看妳
回到台灣，耳裏仍回響著妳說「好」的語音

2005.4月

資本主義病毒

貪欲是資本主義的病毒
它不吭聲地感染人類心靈
並且悄悄的擴散、蔓衍

資本主義提供你更多的資金收入
提供你更多的慾望需求
也提供你更多的負債纍纍

你的身軀背著債務而佝僂
腦裏不停推擠著賺錢的思維
生活懶得感動；也懶得悲傷
缺水的眼框已長年的乾旱⋯

預防資本主義的疫苗仍未發明
偷搶拐騙等變種病毒已大量滋生

欲望的額頭每天發燒
有人貪污、有人合法犯法
有人努力研發新穎的騙術
有人因過大的壓力而結束生命
而更多人如你我每天背著生活重擔
任時間的鞭繩在我們身上驅趕……

2005年

蛇行的歲月

蛇行的歲月
生活過得彎彎曲曲
歡樂
倏忽
一閃即逝

那年少青澀的戀情
怕生
已溜進時間的草叢裏
無影無蹤

2005.7月

隱藏

黑夜隱藏白晝
山巒隱藏夕陽
我隱藏妳
在哀傷的口袋裏

2005.8月

風災

颱風連續來襲
這一季盛開的憂鬱來不及採收
就萎落於悲傷的泥土裏⋯

2005.9月

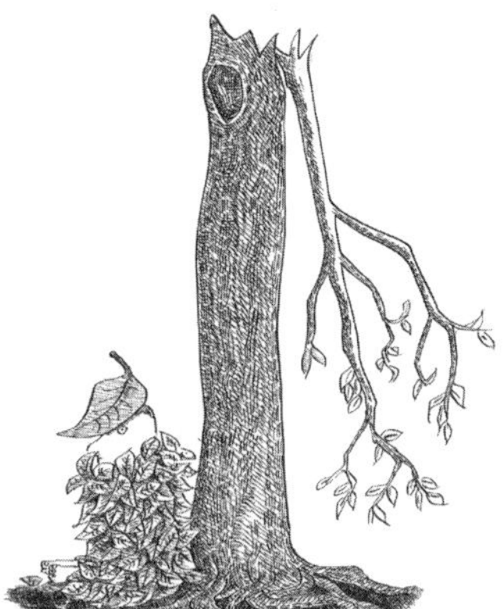

黑暗之光

白晝之光照不到黑夜
虛偽遮不住事物真實

藝術天空
唯有黑暗能照亮黑暗

夜裏，我的思維穿越寂靜
有時奔跑、跳躍；有時以舞蹈之姿
我的情感身著黑夜織就的布匹
不停踩踏灰暗的聲響

我的憂鬱在黑暗中愉悅
我的寂寞在孤單中歡騰
我以痛苦砌築幸福的詩句
我陰鬱的藝術是黑暗的閃耀

2005年

皺褶

文字是思維在紙上散步的皺褶
皺紋是時間在額頭偷偷行駛的皺褶
憂鬱與歡悅是心情起伏的皺褶
詩是感情不停搓揉的皺褶

分手後
妳是我心底怎麼熨怎麼燙也燙不平的
皺褶

2005.11月

孤獨的老人

時間的筆尖在你臉上不停地描繪皺紋
你鬆弛起皺的人生
刻劃著一條又一條橫的、斜的、彎曲的不幸

弛緩老化是你臉上妝扮
孤苦無依是夜裡唯一枕頭
親友逐一疏離
晚年只賸貧窮、病痛相偕來探訪

歲月的河流淙淙
眼前的你是否映照著未來的我呢？

繁忙的棺木長滿死亡的苔蘚

枯萎的秋天枝葉殷勤地掉落
佇立在中年的路上
佝僂的老年彷彿已在前面等候……

2005.11月

那人

打破玻璃，因為玻璃有框框
那人討厭框框
框框讓人想到循規蹈矩
循規蹈矩是思維與創作的框框

那人渴想有一對自由的翅膀
可以拍打感受力與想像力的那種
屆時可以飛越青山、田園、小溪…
累了時，還可以停歇在情人的唇瓣上

那人的茅屋居住著孤獨
孤獨適於思考、想像和嗅聞寂寞的芳香

那人創作、思考貧乏時
也會外出添購憂傷並蒐集一些會增值的煩惱

那人擅長憂鬱
焦慮、感傷時皆有獨創性
喜歡為詞句澆灌情愁
讓詩發芽

2005.12月

輯七：跛腳2006

被文明撞到而跛腳的筆

生命的紙頁被時間蛀蝕
老舊的筆跡訴說著發黃心事
文學的身軀有點老態龍鍾
昔日疾走的筆
拄著拐杖跛腳般的走著

心靈乾旱的季節
眼眶時常缺水

科技文明的時代
感傷的技藝正在失傳

機械式的思索絞斷了想像翅膀
跛腳的筆終日躺在房間角落
情感的墨水　日漸枯竭⋯

2006.1月

水蜜桃

讓日子充滿新鮮的水果香
期待你親吻
也珍惜你的抉擇
請咬我一口
你便明瞭我甜蜜多汁的心情

2006.2月

逝

死亡在墳上起舞
痛楚悶不吭聲
奄奄一息的感情昨日病逝
難過如蛇竄出
空間充滿
寂靜的憂傷與無淚的啜泣

2006.3.20

被打碎臉的天空

水窪倒映著天空
雨滴一滴一滴打破了水裏的雲朵

剎那
濕氣侵染整個大地⋯

傾斜的雨天
路面躺著天空
躺著一窪窪被打碎臉而沮喪的天空

2006.4.10

五官即興

問題的眼睛
告訴答案的耳朵
聽不清楚的嘴巴
想用鼻子回答
眉毛無法呼吸
窒息後躺在額頭

2006.5月

鏡湖

魚在天空飛
鳥在水中游

依傍青山
讓我清澈湖心映照你青翠容顏
縱然風起吹皺心情
亦改變不了我相依柔情
即使大雨勾起漣漪
我仍會為你等待
等待天晴
等待與你形影不離
魚在天空飛

鳥在水中游⋯

2006.6月

讓我的愛棲息在妳的懷裡入睡

星星斜掛天邊
失眠的羊群在夜的柵欄數人
一個人、兩個人⋯七個人
連羊都失眠了
我的思念也醒著睡不着
讓我聽妳講話吧
妳的聲音是天然的安眠曲
或者妳來入夢
那夢將是甜的、寧靜的
那夢有我的思念靠著妳的思念
心情相依偎親近不再遠離
或者，當我帶著對妳的喜悅入眠時

請讓我的愛棲息在妳的懷裡入睡

2006.8月

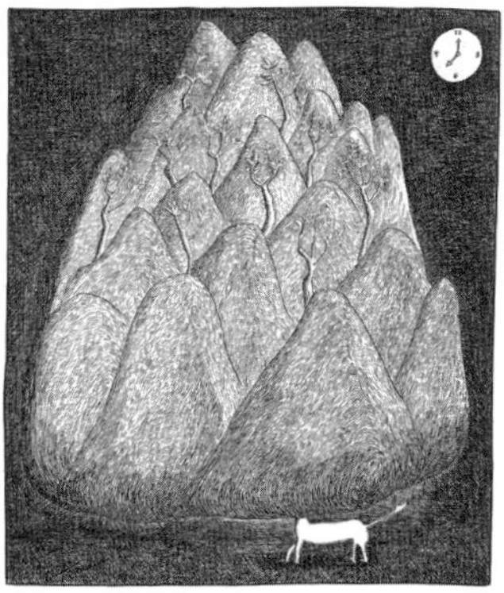

詩歌節酒會

2XXX年詩歌節酒會

詩人們坐在台下聽讀者在台上演講
演講題目：「詩人們如何敗壞一首詩」
講到直接描述、說明性太多
詩人甲開始心虛
講到個人意象太多、詞句過於晦澀
詩人乙開始緊張、心跳加快
講到詞句怪異而非超越
詩人丙酷酷的假作鎮定
講到不知所允⋯

演講結束
詩人們皆不敢左看右看、與人攀談

就這樣偷偷、悄悄地各自散場離去⋯

2006.11月

文字田

用藝術之筆犁文字之田
我嚐試不同的筆耕方式
在生活裏栽植心情
修剪詩裏多餘的枝節與辭彙

不同的心情是不同的種子
欣悅、悲怨、痛苦以及…
憂鬱的品種多樣又優良
不分四季纍纍掛滿心頭

繁忙卻讓人變得懶惰
讓人懶得播種心情
讓人懶得清除心靈叢生的雜草

一成不變是詩的災害
重覆的工作；重覆的勞累與癡呆
讓你眼框缺水、心靈乾旱
讓你必須長期地面對
創作的休耕期

2006.12.15

輯八：遺忘2007

遺忘

離去，請帶走哀傷
切莫留下幽怨與不捨

未來的路是一條陌生
我們將越離越遠
背起行囊裝滿憂傷，以備
明日難過不時之需

別忘了有人曾經深愛著妳
縱然長期靜默想去遺忘
遺忘卻遺忘不了遺忘
念妳依舊，只是噤聲不語

寂靜增添著窗外雨聲
不再聯繫卻心生掛念
詩句在靜默中喧騰
我總是在遺忘中想起妳…

2007.1.24

時間傷

一眨眼
歲月的額頭便佈滿皺紋
視力減退
虛偽與真實越看越模糊
躺臥床上
一翻身就過了中年
回憶成了生活唯一拐杖⋯
一回首　頭髮就發白
就不會寫詩

就變得有一點老人與痴呆

2007.2.22

老照片

生鏽的時光
一直剝落
褪色的記憶
日漸發黃
照片中的臉越來越模糊
眼睛掉了
嘴巴不見了
身著的衣服也破舊了
阿嬤的青春掉在相框裏
人就這麼一天一天的老了

2007.4.11

夏日感傷

愛情中暑後
刮痧的膚色是牆褪色的記憶⋯

2007.5月

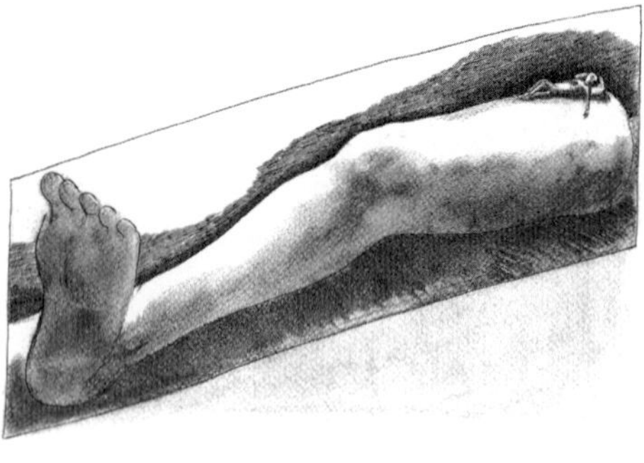

定居

飄盪多年
感情無處棲身
就讓我的吻
恆久地定居在妳雙唇

2007年

妳的不安是麻雀的跳躍

妳的不安是麻雀的跳躍
跳　跳離原地
不停地覓食女性主義的新潮思維
跳　跳離了傳統束縛
跳　跳離了溫柔婉約
跳離了些許時光
妳學會了叛逃
叛逃了愛情
叛逃了工作
叛逃了妳自己

叛逃如一匹野生的馬彷彿妳的任性
難以馴服

2007.6.4

酒館

孤獨的靈魂淋著酒液
空虛如此飽滿
啤酒配鼓與交談
煙繞著歌聲

露肩的視線穿越誘惑
被彈奏的女人
吉他的曲線伴著柔柔弦音

回憶摻雜醉意
一盤憂傷吃不完
煩惱發酵
遺忘　並且

失意的很快樂

2007.7.4

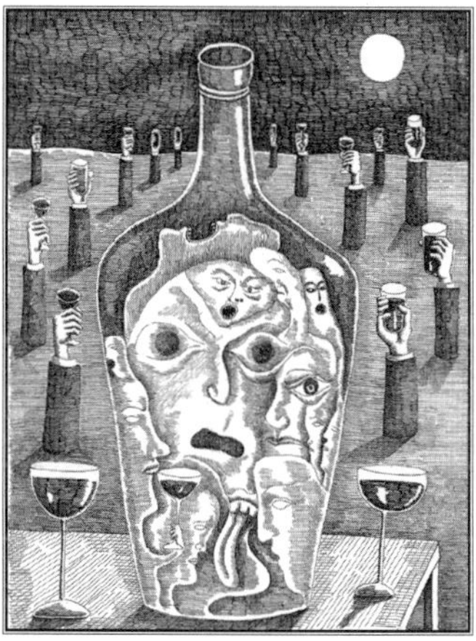

雙胞胎

愛字草率的寫變成了憂
愛與憂是雙胞胎嗎？
有愛就有憂
我的憂字與愛字長的是如此相像
它們有共同的血源
有相似的基因
它們是與妳相戀時
我所為妳生下的雙胞胎

2007.7月

在人群中晃動孤獨

在人群中我晃動孤獨⋯

車聲、人聲、叫賣聲
喧囂的城市
街道有一種熱鬧的冷清
驀然地感覺人世喧騰的空虛

變質的人格　扭曲的欲望
舞台上盡是優秀的拙劣人物

弱者越弱、貧者越貧
厚臉皮的越厚臉皮
用財富堆疊價值觀的資本社會

在學校教你的卻是
怎樣適合地被厚黑的社會欺壓

政治脫口秀佔滿了生活版面
股票的跌升牽動著心臟跳動指數
臉上掛著不自然的微笑
生活剩下的只是粗糙的快樂

政經話題終日縈繞於耳
心的街道是如此吵雜
不想再被污穢的政治唾液淹沒
在人群中　我孤獨地晃動孤獨

2007.8.8

挺直的今天

被現實撞擊
昨天歪了
連同信心與理想

沮喪、挫折
心情總是彎腰駝背

思緒的背脊骨不想傾斜、凹陷
今天必須挺直

2007.8. 9

滅頂

——給Z

未婚少女似一條清澈小溪
純真、潔淨
充滿活潑的跳躍

已婚淑女是一條抒情的河
柔媚緩緩流動
浮現著氣質的波紋

年少涉溪
可以測度水之深淺

年長想要渡河
是否只應行舟而過

即使載滿一船船的愛

否則　傾慕之情亦將滅頂

2007.9.17

藝術家

——觀王萬春畫作「自閉空間」有感

空盪斑駁的房間裡
你囚禁孤獨
僅管日夜辛勤地工作
額頭仍刺著倒楣與絕望

你摺疊憂鬱
在貧窮與焦慮中
採擷生命於畫作裡

精簡的藝術線條
扭曲著身軀與靈魂
雙手抱頭屈蹲角落
連不安都生動起來

你忙著落拓不羈
枕著烏鴉啣來的惡夢
只為明天醒來的藝術

2007.9.19

幽蘭

不想追求虛榮浮名
不想與人爭奇鬥豔
在山谷中
獨自綻放美麗
美麗在美麗中自足
無須任何目的
猶如詩的盛開

2007.10月

假象

處處是假象，你還追求什麼呢？
這世界充滿著
歌聲不怎麼樣卻受歡迎的歌手
探討兩性而熱賣的假文學作家
耍嘴皮而無執行能力的政治人物

虛而不實受到崇拜
藉由報紙、電視宣傳
假象成了一種真實
真實成了一種假象

缺乏思考的年代
人們莫名的崇拜假象

假象不斷的繁衍
這個假象不過是那個假象生下的另一個假象

2007.11.8

一隻獸

一隻獸莫用言語的石塊丟擊
否則牠初感畏怯立即生氣如火山
一隻獸不要踩到牠情緒的尾巴
要不然牠會吠你或者狠狠的咬你一口
一隻獸莫擾動牠自尊的觸鬚
否則牠將冷眼看你視你如仇敵

一隻獸有敏感的神經容易被觸怒
一隻獸名叫脾氣　感性的繩索是套不住

一隻獸生活在佛陀的柵欄裏
炙熱的心才會冷卻
刺耳的聲音才會轉為輕柔

冷漠的眼神才會變得慈善

一隻獸厭惡虛偽、品格低劣的人

一隻獸　一旦被觸怒

常常想跳出柵欄…

2007.12.1

輯九：偷閒2008

獵物

鹿是豹的獵物
青蛙是蛇的獵物
吃人的時代
人是人的獵物

資本主義社會
層疊的欲望
負債的富有景象
人是貧窮的獵物

負債過程
你必須不停的奔忙
奔忙是一種愚蠢

我們不過是愚蠢的獵物

2008.3月

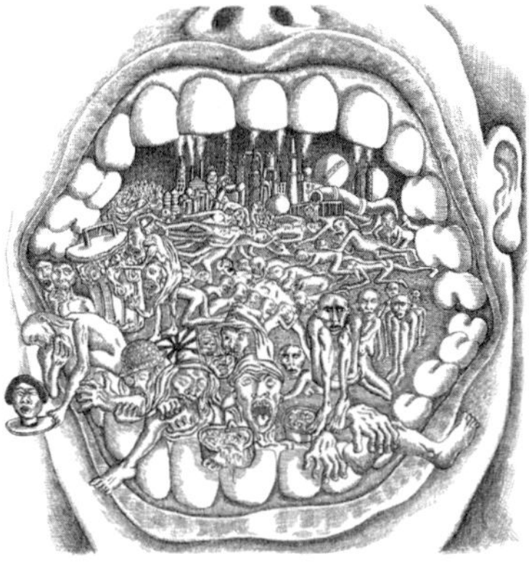

靠近

如果妳是一條小溪
我將靠近妳　聽妳潺潺心事
待妳快樂時
與妳玩耍嬉戲　撥弄妳情感漣漪

如果妳是一朵野薑花
我將靠近妳　看妳含苞待放如少女
待妳日漸綻放愛情
用視線輕撫妳潔白身影　聞妳襲人香氣

如果妳是一棵青竹
我將靠近妳　採摘妳綠葉唇瓣
待妳長大

親吻妳　只為發出愛的笛音…

2008.3.17

偷閒

很想當小偷
專門偷一種東西叫做閒
偷閒　多麼懶惰又高尚的工作

生活若一定要忙
只希望忙著不忙
忙的時候不忙
不忙的時候很忙
就是忙著不忙

喜歡當小偷
忙也偷　不忙也偷

只偷一種東西叫做閒

2008.4月

戀歌

在豐饒的土地上
我們種植愛情
等待收成的季節
採摘愉悅

蝴蝶傳送花粉
歌聲傳送情愫
空氣中飄灑著慕戀的種子

大自然裡我們是天生的歌者
抒唱柔情
只為覓得心靈的回音

日後生兒育女
種種稻麥、趕趕牛羊
累了時，希望有你在身邊
一起聽流水漱口歌唱的聲音⋯

2008.4月

女人是雨水

女人是雨水
男人是乾旱的土地
男人希冀雨水降臨
用以澆灌枯槁的心靈

雨季不來
烈陽恣虐
男人一個個的龜裂
雨季不歇
男人的感情開始淹水
一個個的在水裡滅頂

2008.7.26

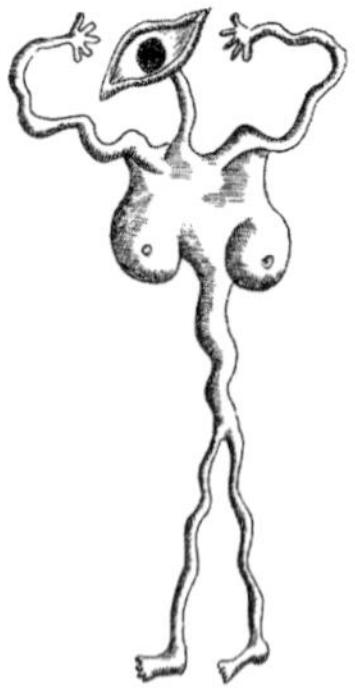

附：文學筆記

文學筆記

◎劉三變

☆作品集結——一張憂鬱的成績單。

☆寧願寫一首精美的短詩，也不願寫一首冗長的壞詩。

☆二流的詩評家，總是在文學花園裏辛勤地澆灌雜草……

☆超現實主義太重於形式，有時卻忽略了感情的真摯；寫實主義太著重內容的描繪，卻又忽略了文字的藝術性。

☆這世界充滿著乏味、無趣與虛偽，只有在藝術的氛圍裏，你才能感到生命的呼吸。

☆ 波特萊爾在醜中挖掘美，而我僅能在憂傷中提鍊喜悅。

☆ 讓思想練習倒立，追求一種反常的姿勢。

☆ 超自然主義者說：「詩是一種擬化，一種意象的重新營造」。超現實主義者說：「詩可以將它扭曲、變形…然後再還原給它一種不三不四又似三似四的模樣」。

☆ 我們是美的子嗣，為了繁衍後代，所以懷孕作品、繁殖藝術。

☆ 後現代——一種空洞的豔麗。

☆ 思緒被自己絆倒…

☆ 出了書，沒半法在市場上銷售，宛如談了一場戀愛，無法公開戀情。

☆ 感傷是寫作時內心一瓶無形的墨水。

☆ 讓詩在人群裏流浪，在時間的海上漂流，總有一天，它將駛入讀者心靈港灣，然後下錨、靠岸。

☆ 當你為工作煩悶時，別忘了你還有一個讓你感到寧靜與安定的家，一個以文字建築而成的家，那裏住著里爾克、聶魯達、波特萊爾、齊克果、費爾南多‧佩索亞以及⋯

☆ 對一個創作者而言，必須保持感動的原味。

☆ 創作有時需要帶有一種神秘性，有時也必須對自己做某種程度的反叛。

☆ 過於追求名氣與獎項，往往會無形的斲傷一個人的創作力。

☆ 當你一再為了得獎去寫詩時，似乎意味著你在阻礙自己成為一位詩人。

☆ 大部份的長詩，不過是在進行著文字的過度浪費與淡化詩的工作。

☆ 寫詩必須懂得刪減，如同雕刻家刻鏤時，懂得削去不需要的部份。

☆ 我很難想像一個批評家，居然可以對一首爛詩寫出長篇大論的贊美詞。

☆ 持續創作的心，必須有玄奘至印度取經的精神。

☆ 繁忙的城市裏，我們漸漸地失去了感覺的觸鬚，城市待久了，頭腦都有點鋼筋水泥⋯

☆ 一個好的評論家，除了評論偉大的作品外，應該去挖掘被人忽略的重要作品與被人冷落的優秀作家。

☆ 繪畫的線條彷彿是音樂的主旋律，色彩的氛圍有如音樂的和聲，光線明暗的層次就像踏著音樂的節奏前來⋯

☆ 在思維的行文中，希望留有一點抒情。

☆ 孤獨之必要，我必須持續飼養我的孤獨⋯

☆ 對於感傷，我已如此的駕輕就熟。

☆ 是否就此歸隱山林，然而我的感傷事業尚未完成⋯⋯

國家圖書館出版品預行編目資料

誘拐妳成一首詩：劉三變詩集 / 劉三變作. —
初版. — 臺北市：劉清輝出版：唐山總經
銷, 2008.10
面：　　公分

ISBN 978-957-41-2771-9(平裝)

851.486　　　　97018039

誘拐妳成一首詩

作者　劉三變
插圖　張立曄
封面設計　劉三變
封面題字　沉暨
封面繪畫　張立曄
文字編輯　劉清輝
美術編輯　劉三變
製作排版　上承文化 e-mail：glitz.studio@msa.hinet.net
出版　劉清輝 e-mail：lch180@kimo.com
總經銷　唐山出版社
台北市羅斯福路三段333巷9號B1
TEL：02-23633072　FAX：02-23639735
劃撥帳號：05878385　戶名：唐山出版社
出版日期　2008年10月　初版一刷
定價　250元

版權所有・翻印必究